歌集

池にある石

三井ゆき

六花書林

池にある石　＊　目次

装画　小村雪岱
装幀　真田幸治

池にある石

炎天

わが好む季節は冬でありにしに今はま夏の炎天がよい

護らむと浜昼顔はみづからに蠟を帯びつつ砂丘を這へり

あざらけき浜昼顔は砂に這ひそこにある海確実に知る

マイマイチイニジャホンさんとはどんな人会はざりしかど関はりのあり

夕顔とわれを呼びたる永久《とは》さんの逝きにし部屋を訪ひしことあり

施餓鬼会

終はりたる蟻の祭りに残れるは蝶の片はね蟬の薄羽

組み上げし玉雲作の盆提灯点せば浮かぶ秋草の花

汗あえて抜く墓はらの草の香にガンガー河岸の暑を思ひ出づ

ベナレスの路地を行きつつ白牛の痩せ細りたる背に触れし指

塔婆とは死者への手紙と言ひましぬ木の香しるきを腕《かひな》にかかふ

円覚寺本山墓地の無縁墓花供へてはどなたかと問ふ

あげ太郎

畳屋の手にせるジャッキ「あげ太郎」桐のたんすを軽軽とあぐ

雪駄ぬぎ紺足袋姿の畳屋は手鉤をさして畳を立てつ

カンと晴れ秋はきたりぬ和室より替へたる畳の香の立ちにけり

道草を好むマリノブルーはもわづかに生ゆる青草へ寄る

たてがみをつかみてすべり落つるたび馬の高さを実感したり

松林図屛風

新年の長谷川等伯松林図洗ひあげたるものの鬼気あり（二〇〇八年）

あたらしき草履の鼻緒気にしつつ立ち去りがたき松林図まへ

この先はいくらか己れを好きになり生きてゆかむか侘助が咲く

雲のふちそめて落ちゆく夕日影夢があるなら夢をおもへと

春

しらしらと高き石段照らしつつ啓蟄の日の日輪わたる

このごろは業《ごふ》とふものもうつくしくおもはれ晩年近づくらしき

頰よせて甘ゆる馬に身を寄せてことばもたざる界のうれしさ

人よりも敏き感官耳立てて遠くすぎゆく風を聴くらし

丈高き馬景虎の曳かれゆく馬房にやよひのひかりやはらか

侯爵邸バルコンの床雨に濡れ暗紫色せる木蓮ひらく

舌いちまい反して咲ける紫木蓮罪とがなどはあらざるごとく

盛り塩

新しく知る人よりも消ゆる人多くてうてなにましますほとけ

ゆっくりと近づく日ぐれが照らし出すビル壁面のただならぬ色

はづかしきことばかり克明に記憶せるわれなる者が夜空をあふぐ

盛り塩は夜目にあざやかあざやかなま白き塩を振り返り見つ

ありあけの十薬の花しらしらと欲を脱けたる色もて咲けり

武蔵野線ホームの高さの美容院入りゆく客を迎ふるところ

稲妻は西南の方いくたびも街の形をあらはにしたり

流るるか定住せむか地図ひらき今朝も海辺の街街たづぬ

海岸通に建つ有料ホームエレガーノ神戸のパンフをまたひらき見つ

父へ詫び母にも詫びて夫に詫び盆はかなしき身のおきどころ

この猫の生きゐるかぎりは死ねないとりくつをつけていたはる体《からだ》

YS11

音たてて川さかのぼる秋の水夕潮なればつよき海の香

第一港湾建設局架のみなと橋川の向うに海士町《あままち》のあり

こんなところに来てゐたりしか能登空港はづれの航空祭のＹＳ11

航空学園航空祭のエプロンの二機のＹＳ11けなげなるもの

鳥

けやきよりゑんじゆに移る尾長の背見おろしゐたり九階の窓

ことごとく愛なりしかな晩年のちちははのこゑおもひおこせば

み冬づく信濃のそらを翔く一羽単独にして道を知るもの

孔雀羊歯かきわけながら登りしよ母が実家の味噌蔵の裏

ソップといふ語をなつかしむ大鍋によき鶏ガラをしづかに沈め

からたち

いのちとや黄蝶の飛翔をいざなふはからたちの花のかすかなるかげ

馬山吹の背より見送る小海線小泉駅より小諸へ向ふ

迫りくる雷雲四肢に受けとめて馬の山吹脚速めたり

あぢさゐは病む子を抱く母のやうかつては誰にもありにし乳歯

ひぐらし

フローリングの床にころがる一滴は消えてしまひしわたくしの跡

ニンゲンがキラヒといへばボクもニンゲンと椅子軋ませて呵呵と笑ひぬ

すぐ歩き出さずに見送りくるる人強きに付かぬつねの思想に

線香の伽羅の薫れる朝の部屋かなかなかなかなとほきひぐらし

水筒と文庫本手に杖の人午前七時のマンションを出づ

アカオアルミかホンダかわかねど八時すぎラジオ体操の号令ひびく

ひぐらしが鳴きみんみんが鳴きときをりはつくつく法師の鳴く十五日

大坂泰氏（二〇〇九年）

一階も二階も焦げし柱のみ書籍積みありしところぞここは

家囲むざくろやみかんの木は残り本なき玄関あたりも少し

奥まりし音楽室の防音の扉の見えて焼け残りをり

大坂泰氏の消息聞かむと交番に向ひぬ七月十二日午後

一棹の箪笥焼けずに残りしといへるはたぶん桐製ならむ

こげし匂ひのスーツ身につけ大坂氏短歌新聞社の会にあらはる

八一の書茂吉の署名も焼失と一万冊の書を言ひ給ふ

柔道八段よはひ八十八の大坂氏愛用のバイク門前に見ゆ

竹

山吹といふ名の馬も聞きゐたり林の奥のせせらぎの音

山吹と呼吸を合はす速歩かな咲く山萩が肘に触れたり

舞ひながら唱ひながらに在るものよ竹は揺れつつひかりをこぼす

えいゑんのなかなるひとひのけふのそらどの日でもなき浮雲ひとつ

一生をきつちり生きぬきころがれる蜂のむくろを草かげに寄す

ウイグルのマイマイチイさんいくたびもおもへどあへて消息きかず

ヌルムヘイムメイテさんはマイマイチイさんのいとこで日本に住めり

金魚の屁さへも見せない小学校何をおそれて何をかくせる

逆算がこのごろ得意寿命まで使ひ切らむと買ひ換ふる物

こゑ

衝動はいかにか小さき身に満つる雁の渡りのこゑの真剣

あかねさす日の照るからに水禽は喜ぶがごと水を蹴り発つ

啼き交はすこゑが世界の鳥の界枯蓮の間の照り翳る水

布靴を履きし妹たづたづしリウマチの脚の一段二段

リウマチと闘ふ頭脳進化せりきつぱりはつきりみづからを言ふ

十四歳の猫のころがす鈴の音彼もわたしも子供にもどる

柚子の香の満つる浴室あともどり出来ぬことなどおもふはよさう

雑煮椀五客はいまや用のなく二客取り出す匣の中より

ラッセル車の音に目覚めし雪の朝高校終ふる頃までのこと

自転車の半身見ゆる柏尾川こぞよりことしの荒れあらはなり

開かるる電車のドアは四回目だれかの鞄やコートをはさみ

渚

海よりの虹は七尾を過ぎしころ特急サンダーバードの窓に

狛犬の阿といふ口をのぞき込む風といひつつ過ぎしものはや

祈りのごとく水わきいづるたなごころ誰にもありて朝のあかるさ

かろやかにつぐみのはしる枯れ芝生汝の知れる生を知らざり

クレバスの裂け目境ひ目日日の界跳躍力をうつくしく見す

跳べるとはおもへず跳びしクレバスの計りがたかる青をたつとぶ

聞くのみの出水平野の北帰行一月二十八日の朝（二〇一〇年）

根はしかとあると白きをたぐれどもほとけの笑みはあらはれて来ず

ただよふがごとくベッドによこたはる明日はいかなる渚に目覚む

葱

春やよひやまとしじみは椀の中うすむらさきにひらきてゐるも

くちばしに小枝くはへし雉鳩はマクドナルドの軒深く入る

友なりしヒマラヤシーダ剪定の切り口痛しとわれに訴ふ

おほよそは水より成れるわがからだアハと笑ひて葱きざむなり

三月も吹雪のなかの十日町誰もが車窓に顔寄せて見つ

ぐつとこらへることには馴れてる切割りの吹雪のなかの登校下校

独活や蕗むかしをおもふやうに食べ新玉葱のスープもつくる

また背負ふ他人の秘密の重さかな雨のなかなる藤のむらさき

踊り場の壁に向きつつ電話するサラリーマンの懇願のこゑ

効率性選ばずどんな所へも余生といふは列車にて行く

じかん

玉城徹逝去のじかん郵便局への長き小路をわが歩みゐき（二〇一〇年）

死を語りあひてじわりと泛くなみだほとばしりけむあをき内臓

脳は約一三〇〇グラムと言へりけり玉城徹の場合はいかに

親を待つつばくらめかも押しひらく黄色き口は泥の巣のうへ

この世とはあの世か知れず運ばるる車両より見る人らあかるし

いんえいの深くなりつつ暮れむとす路地こそ本音のある場所ならむ

夜も鳴く蟬の衝動せつなけれ無限の内のたったいちどの

義弟

会葬者一同唱和の正信偈甥の子ふたりも加はりにけり

我やさき人やさきとの御遺文にただ白骨となりゆく身なり

通夜なれば畳のうへにごろ寝する脚に一枚の座蒲団をかけ

ひとの死はやはり悲しいドライアイスがにじみてゐたり棺の底辺

納まらぬ骨砕くおと砕くひと真一文字に口引き結び

窓辺には迎へにきたる象の脚けやきの幹はそのやうに在り

幼き日わが見しけやき窓に見え白骨となり帰宅の義弟

浅草

てのひらに貌をおほひてやりすごすかつての恥はとつぜんにくる

水のごとくありたかれどもけさの頬うすく紅刷くわたくしあはれ

軽きかな赤きウールのブラウスを手に量りつつ午後の浅草

伝法院通りの「キンのヤギ」の服そのひそけさがわれを引き寄す

あまくさのうるめ鰯の叫ぶ口　体揃へてひらきゐる口

癌ながく病みゐたりしが身まかりぬ桐生うまれの黒崎善四郎

夕羽振る新河岸川の川上におほき入り日は震へつつ落つ

シッダールタ

みづからの影を踏みつつゆく秋のわれやひとやの境はおぼろ

さざんくわの色こき花のほどかれてはなやぎすぐる風の巡礼

雲になる水分のぼるが見ゆるといふ秋ふかまりし日本海より

つまづきし歩道の段差ふりかへりシッダールタとこゑもらしけり

恋と愛いろを変へつつ移りゆく月日のなかのつらつら椿

『デミアン』と聞けば狂ほし十代の終はりのころの一夏の樹かげ

春子さん認知症になりしといふ徘徊ぶりをその子がかたる

大いなるいちやうの幹にある洞も幹ならむかもこがらしが鳴る

朝の路上にころがりゐたる靴ひとつ苦しさを脱ぎしもののごとくに

八十八歳すぎし大坂泰さんが黄色きバイクにまたがりてくる

火事ののちあらはな庭の自転車とバイク盗られし大坂泰さん

学徒出陣言ひつつ傷を見せたまふ左腕の傷右脚の傷

焼け残りし『折たく柴の記』読みゐると受話器の奥の大坂泰さん

「百段階段」実は七十七段をつとめにいそぐ人ら下りくる

耐へがたきじかんもありしひとつ会終はり出づれば寒の夜のそら

瀬戸大橋をうつくしと詠みし歌びとはスカイツリーをはやよろこべり

暗鬱

岩の上に羽繕ひせる鴨家族はなればなれはいつの日か来む

曲《わだ》にある岩に宿りし鴨家族朝の流れにつぎつぎに浮く

撃ちてよきかと聞かれて否と妹の応へし鴨の家族があそぶ

除雪車の黄色がいくども行き来して小淵橋うへの雪を押しだす

父に似る眉を剃らずに来しかどもときには細き眉をともしむ

「清美ちゃんのトンビ」と呼ばるる鳶のためさつまあげ買ふけさの妹

暗鬱はきたぐにのもの東京のひとらの知らぬ暗鬱が好き

神魂《かもす》神社と口嚙み酒など語りつつはなしは遠きペルーへ及ぶ

レバノンに生ひゐし野生のシクラメンみどり乏しきなだりなりしが

チュニスよりラバトへ飛びしことさへも未生以前の記憶のごとし

石井家の扉の前にいく粒かの豆がころがり春立ちにけり

九階の窓

白きハンガー銜へし鴉がよこぎりぬわれの立ちゐる九階の窓

ハンガーを銜へし鴉におくれ翔く妻とおもへる小ぶりの鴉

ロロとわが名づけし鴉か巣づくりを知らせむと窓をよぎりたりしは

いさざとる投網のひらくうつくしさなつかしむかな春としきけば

吹きいづる山独活の香よ追憶はひとすぢにくる胸の底より

プラットホーム

トラウマといふ語が口にせりあがるさらはれたりしかつてのわが家

「たびだち」を流すラジオのはげまし方地震のありし四日目の朝

泣き泣きて四重になりたるまなぶたをおもひいだせりわがこととして

足裏といふ文字ながく見得ざりし水死の祖父のしろき足裏

あの頃は座棺がありてありありありと祖父が頭《かうべ》の傷を見たりき

疾く咲けよ黄なる連翹咲くならばわづかなりとも明るむならむ

などてかく打ちひしがれし目にし見る記念のメダルを拾ひあぐるを

胸ぞこの泉のいってきこぼすごとさびしくほのかな笑みを見するも

校庭のさくらのはなの奥処より鳴く山鳩のこゑのさびしさ

空国《むなくに》のそら花曇り衿立ててプラットホームに吹かれてゐたり

清らかにすももの花の咲くほとり清らはいかなる価値をもつらむ

移りつつさへづるこゑの名を問へば栗鼠とこたへて栗鼠も鳴くとふ

咲き咲きししだれざくらはとめどなくいろある涙をこぼしやまざり

ただ青き月のかけらを手にのせて蹌踉とゆくこの青の夜

尼連禅河《ナイランジャナー》ほとりの樹下をおもへとやはるかにつづくおもひのひかり

みちのく

悼むのはまだまだ早い死者の目がみひらき見てゐる空や海波

見つけてといふこゑ秘めていづこゆく屍か肉の苦しみをもて

帰りくる人はゐるのか竹林は土割りいづるたかんなの尖

かなはざる帰心に濃くなる海山のまして家族の寄りあふ家庭

何を恐れてひつぎのふたに釘を打つ形式はかく断念を打つ

行方不明者の数すこし減り死者の数ふえゆくひとひひとひみちのく

大船渡より浦幌町に漂着のバレーボールの五〇〇〇キロかな

葛籠

わが家にて弁当つかひし越中の薬屋さんのふしぎな葛籠《つづら》

薬屋の葛籠《つづら》は入れ子その底の紙ふうせんをいつももらひき

紙ふうせんつきて遊びし板の間の感触はわが足に残れり

熊胆《くまのい》や六神丸をのむときのかたじけなげな父の表情

小説の脇役好きはいまになほヨアヒムといふ名をはこびくる

異性との付き合ひ注意とのけふの星占ひにおもはずわらふ

「あなたの好きな墨子」といはれかへりみる兼愛説にかたむきしころ

一九二一年国柱会に宮澤賢治は入信したり

「路上」執筆者名簿くりゐる手が止まる亡き人のひとり泉行尚

短稈《たんかん》渡船《わたりふね》は山田錦のははにしてちちは山田穂《やまだほ》いづれも酒米

蝸牛

しあはせであらねばならぬ人たちへ茎くきやかに立つ赤き花

ゆづり葉の根方にもあるひとむらの曼珠沙華よりのぼりくるこゑ

あかあかとみどりがなかの曼珠沙華この死人花幸あれといふ

忘れないで忘れぬといふこゝろをもて花かかげたりこの曼珠沙華

大根の葉にひそみゐし蝸牛の子糸より細き角もてりけり

薄き殻曳きよせすすむ蝸牛の子明暗のみの世界やいかに

みづからを家ごと運ぶ蝸牛なりさがせばキチンのケトルを攀る

植込みに置きし蝸牛よ生きのびよ細き雨降る夜をよろこぶ

饗《あへ》の祭《こと》の膳の出来など点検す夢のなかなる父の立ち居は

校庭に必ず土俵のありしころ祭りにもありし奉納相撲

冷ややかに笑ふな土手の草もみぢ泣きたきときは大声で泣く

吹きたまる落葉は友垣言はずともしたしく通ふこころのありど

揺り椅子のしばしのまどろみガンガーに朝のひかりを見てゐたりけり

どの神にも祈りたかりと言ひにける市原克敏神川正彦

十三夜

十三夜の月見あげては辿る道信じがたかる若き死者へと

通夜へゆく若き人群二つ三つ見るさへにじむ泪のありつ

この子らは二十二、三歳か貼られあるスナップ写真に嗚咽をこらふ

白樫

「渓雨紅樹」の中ゆくふたり荷を背負ひ裾をからげて番傘をさす

雀子と目白とともに群れゐたる白樫の幹のよきたたずまひ

ダアキンとはダーウィンのことらしと理解するまでしばしを要す

今日の夜明けもきのふの夜明けも朱を刷きて考へぶかき太陽のぼる

蟹缶のタラバの汁を飲むのみの衰へすすむ猫を見守る

猫の骨いだきて荒川河川敷あるきあるきて一万歩越ゆ

紺青をたたへかがやく荒川は冬枯れ原を貫き流る

花　韮

円照寺華展を見しはただ一度叔母の束髪よみがへるかな

柏餅に夫の好みし味噌あんのあらぬがさみし五月の節句

やまばとのやうに啼きたき日となりて視界はあかるき花韮の白

青春の恥のみが立つ若さとはなにも見えない汀なりしか

若き日を捨つるおもひに捨つる本高橋たか子も二十数冊

鉢の土捨てむと来しに一枚の鴉の抜羽のなまなまとあり

よき香よと言ひつつ部屋より出てきさう君の好みしチキンフリカッセ

雹のちる五月の路上伝言をひとつふたつと数へて拾ふ

ルピナス　シニアマンション見学（二〇一二年）

考へは変はらず変へず「スプリングライフ金沢」をおとなふ五月

つひの住処となさむ窓など見あげつつ見廻る苑にルピナスが立つ

ラウンジの書棚を埋める全集はここにて逝きし人おもはしむ

契約書の免責の項その一に戦争、革命、内乱があり

その二には地震や噴火、洪水につづきて三つの名詞がならぶ

海まではにせあかしあの砂防林五月の甘き香をただよはす

あるはずの海は見えざり夜となりて黒き不安がうねりつつくる

花びらの先ほのぼのと目覚めつつ睡蓮は水のうへに咲く花

玄関

玄関を出でて祖父はも拝しゐき沈む夕日を昇る朝日を

落ちてゐるはずなきものが落ちてゐる朝の歩道に肩パットなど

五時半の改札口にゐるはずのわれが昼餉の茗荷をきざむ

ゴリラのブルブルの死よりは悲しくなけれどもロンサム・ジョージを深く悼みき

（二〇一二年）

緊迫の一、二ヶ月の決断の家たたむとは力わざなり

亡命者陳祥閩氏よりいただきし反物もつひに手放したりき

摂理

あかときのうつくしきこゑかなかなを連れてきたりし自然の摂理

マンションより跳ぶ瞬間の両脚や十三歳のたたかひの果て

あつたはずの真実すこしづつ見え来蔽ひ隠せずなりしころより

みづがねの空にしづまるやまなみはなげくともなき広がりを見す

常になきあかるさゆゑに立ち見れば西南方に朝虹が立つ

まつすぐに黒雲に入る朝虹の脚は大きく丘の上《へ》にあり

虹ゆゑに消えゆくものと知るゆゑに胸にいくどもホルンを鳴らす

茗荷の日といふがありたり九月二日午前四時すぎのラジオにて知る

おづおづと五郎と名づけし自転車を漕ぎつつけふは千鳥台まで

鳩を追ふ鴉叱ればば引きかへすけさの鴉は善悪を知る

活けしかば野武士のやうなおももちにカヤツリグサは瓶に立ちたり

突堤に立ちてとどろく海を見る今が今なるしゆんかんの波

鈴の音をながく聞かざるさびしさをろんろんと打つあかときの雨

苦しむ人ゐる苦しさに引きかぶる毛布がなかのちひさき天地

さらに日を継ぎてとよもす雷鳴とたばしる霰のありて北陸

マント着て通ひし道の吹雪などおもひおこせば昭和もはるか

ゆるやかにほどかれてゆく心根に若草のごとき老境はあり

落下して転がるときの歓喜《くわんき》もて秋の日ざしのなかのどんぐり

ベンツ

しづかなるたたかひとして忘れてはならぬことありふたつみつよつ

忘れないことも忘るることも罪ひとつ区切りの手を合はせけり

達子さんも未亡人となりたれば夫亡きわれに涙を見する（二〇一三年）

誠さんの黄色いベンツを話題とし遺影をあふぐわれら三人

自転車で行きし肉屋に横付けに誠さんの黄色きベンツありしと

池袋駅ロータリーに見かけたる黄色きベンツに乗る誠さん

遠街

遠街は日のある雨のかがやきにまだ見ぬ国のごとく浮上す

あらはなる神経のごとく並び立つ冬の林のアカシアの幹

ひとを迎へひとを見送る十二月つひの住処をここと定めて

大いなる虚言のごとく落ちてゆく夕日輪は悲哀のきはみ

行方不明者なほ二七一二人姿の消えし人を待つ人

もの言ふも言はぬもさびし久女忌の朝よりあはれ雪の降りつぐ

一月三日

頭上にてさやぐ御幣のかすかなる音を聴きをり一月三日（二〇一三年）

曳ききたる馬車を指さし乗れといふ夢よりさめてたどきもあらず

土踏まずありて風踏むはかなさに遠くくれゆくやまなみおぼろ

報道によりて知るのみ不慮の死にあぶりだささるる教育現場

でてつぽうやまばと鳴けばこの国の悲哀はさらに深まりにけり

消ゆるなきルサンチマンか西の空わく黒雲の流るるはやし

カレン

牝馬のカレンは前をゆく馬にすばやく近づきその尻かじる

かじられし尻を気にせぬピカドールつやある栗毛が朝の日かへす

合図せずとも前が歩けば動きだす牝馬カレンとの六十分

もと騎手の川口さんはさん付けで呼べと言ひっつきりりと動く

マーガレット・サッチャーの死を同年の西村さんは深くかなしむ

卓球仲間の西村さんは八十七歳勝気な球がまつすぐにくる

大牟田より移り住みける塚脇さんその九州弁をわれは楽しむ

缶詰のアスパラガスしか知らぬころ宝のごとくいただきし白

魚玄機の末路妖しき青びかりぼうつとガスの焔がともる

きのふ卵を取られし鳩かあかときの霧の奥より声ひびかする

老齢の馬ベンハーは乗るわれをためすがごとき動き方せり

往きよりも帰りをよろこぶ脚はこび馬房に入れむと曳ききたる馬

牝馬ビジョン吾を受け止めし広き背はうねりながらに風を切りゆく

かの果ては断崖《きりぎし》ならむとおもふまで真一文字の海の濃紺

しづかなる汀をひたす波ながら運びきたれる材がころがる

エゴン・シーレに突かれし胸のただならぬおもひはいまに鎮まりがたし

いくたびか呆と佇ちたる岐れ道この後もありや海は迫れり

さすらひか帰郷か知らず貝寄せの風は吹きくる西の方より

常　歩

稜線があらはれ街があらはれて朝のたづきの音ひびきくる

常歩《なみあし》にゆきし馬ある足跡にまた新しき波が寄りくる

認定証ナンバー七七二三二三番馬ロナウドに乗りて取得す（二〇一三年）

海岸を馬にて駆けたき夢ひとつかなへむがための受験なりしよ

ジオラマに咲く蓮華草《れんげさう》鋤を曳く牛の姿もほんのこのまへ

牛が消え馬も見えざる野の道の草なき道を軽トラがゆく

ミーハーのわれが睡りて崇高な夢をみたりき南無観世音

鷗外がエネチアと書くヴェネツィア溺るるごとく記憶をたぐる

八十八歳の細川さんはビニールのエプロンつけて餅をつきたり

餅つくは鍬振るに似つ花育て西瓜つくりし細川さんの腕

コーラ

敗戦後初の日米野球にて飲みしコーラを君は語りき

アメリカの味とし飲みしコーラにおどろきたりし昭和二十年代

離されしのちに閉ぢたり新幹線「こまち」の口と「やまびこ」の口

連結器納むるところ知りしゆゑ新幹線の鼻づらめぐし

道の辺の冬青草の目に沁みてあねいもうとをおもふ束の間

胸に吊る鉦をひびかせ啼きゐたり取り残されしごとく山鳩

喉仏かくんと落ちし瞬間のかの絶望をわれは忘れず

早春

かうべ垂れ祈る朝あさ蓮華坐の釈迦牟尼仏はなにも申さず

白鳥の北帰いまだし早春の香りをはこぶ川流れたり

旅の途上のダマスカスに靴みがきの父ともの乞ふ娘ゐたりき

しづくする木の間の道にあらはれて朝の黒猫われを待ちをり

屋久島のタンカン頒けむと訪ひにける紺道さんは九十二歳

金沢駅

花花の咲きさかる日のそら青く駅コンコースにてピアソラを聴く

泉鏡花をおもはするトカゲちよろり過ぐ虹いろ七いろ深みどりいろ

山法師や白やまぶきにおもひ出づ雪のなかなるリラの僧院

湾岸ロンリーと聞こえし馬をワンアンドオンリーと知る今朝の新聞

小腸を洗ひて腸詰つくりたるあれは東京のどこであつたか

遠目にもむくげと知れる白花は墓地のはづれの石垣に沿ふ

葛

劉邦と項羽時代の流民のごとく広がる大き葛の葉

砂浜をわが乗る馬のストレンジャー日本海に沿ひつつ駆ける

ヴェルレーヌ葦毛の馬を青年はガラスの馬のごとく扱ふ

ああ原つぱとおもひながらに手を触るるシロツメクサの花にも葉にも

伯母と叔母を同じと教ふる国語教師責めて鋭き佐野洋子なり

見知らざる者のごとくに「だれ」と問ひ竹箒にて庭を掃く君（夢）

蓮根の穴はおほよそ八つなれど六根清浄六根清浄

ひとつばたご

その人は病みていませり力なき声音を受話器の奥に知るのみ

無知なるよ無知なるかなとみづからを愧ぢつつとほき白山を見つ

大切な人逝きましぬこののちはさらにひとりの旅がはじまる

あたたかき冬のコートの感触に別れたりしは神保町角

ふらりふらりキャンパス行きてなしたりし最後の講義ののちの声知る

二〇一五年を知ることもなく逝きにけり約束事でありしかそれは

対話するために逝きしか亡き人に捉はれつづけし歳月のはて

かの指も骨になりなむ親指の平たき爪をおもひなどする

辻君

わが同期父は戦死の人多く忘れがたかる辻甚右衛門

進学のかなはざりし辻君は幾年かのちトラックの下

夜の道路のまなかに坐り轢かれしと父と同じき戦死なるらむ

中学の卒業まぎはの向上心秘めしこころをいま思ひみる

堀田さんも父は戦死の人にして悲しきときは神社に行きし

寒の夜の山のけもののは耳立てててただひとりなる時に耐へゐむ

太陽や月あるゆゑのもののの影われもひと世の影を曳きゆく

駅

時刻表一〇一一頁の重さレジへ行くのに片手で持てず

新幹線車両入港する朝の空にはヘリのホバリングあり

ながかりし宵祭すぎ本祭り北陸新幹線開通の駅（二〇一五年）

六号車一〇番E席新幹線開通の日の長野歌会へ

追憶の空あり海あり茫茫の過去もつわれが「かがやき」に乗る

花

ゆふぐれの白きさくらの旅じたく列をととのへ巡礼に出る

鈴ならしさくらの花の巡礼はまだまだ遠きみちのくめざす

兄が欲し弟欲しと育ちきて仲たがひせる姉がゐるなり

おほひなるひとつばたごをともに見しキャンパスにありし夢の白光

きらきらとむすうの茅花《つばな》のひかる原白衣観音《びやくえくわんおん》こんなにもゐる

白山

わが遺言状執行人の荒川さんあすは白山の頂上めざす

窓に見る白山をいま登りゐむ荒川さん一行のキャラバンシューズ

雑草学稲垣栄洋氏の結論は弱いことこそ成功の条件

逆境を味方につける雑草の成功といふは生きのびる術

生き残つてゐるものはみなナンバーワンミミズやオケラザウリムシなど

東京のカラスは電車の屋根に乗り新宿へ行くと那谷さんいへり

長男の嫁なるわれは参列し雄一郎さんとことばをかはす

親族の長老ももう代替りおもかげばかりが背後に立てり

朝つゆの草の葉ごとにひかる道回帰回帰といふこゑがする

その人たちは　戦後七十年

ラバウルより帰還までの三年を父に聞かずにすぎし悔いあり

浦賀へと入る船上の帰還兵父の目にせるうみやまいかに

児らをおもふ防人《さきもり》が歌を読み返すその児でありしよ堀田京子も

辻君の自暴自棄なる死に方は父の戦死がはじまりならむ

白布に包む遺骨を首にかけ村道を行きし沈黙の列

児や妻に会ひたかりけむ底しれぬおもひとともに消えたる気息

父恋ひの虚無引き連れし少年は母の嘆きをいくたび見けむ

子に会ひしか父母に会ひしか妹に会へしか宙空《そら》をゆくたましひは

飯盒は持ちぬしあるに埋もれけり悪だ悪だと叫びながらに

生きて還りし人もはかなく消えゆけりすうーつと流るる蛍火の青

日の落ちて平らかなりし銀の海お睡りください海底のひと

月

くちばしをひらきて飲みしひと粒の赤き実落つるひよどりののど

月差して恐ろしきものをあまた見す甍のひかりもそのなかのひとつ

川田順の在りしころの拳銃は合法にして広告もあり

あめつちのあはひの虚実舞ふごとくひらりはらりと朝の雪ひら

異様なる『それから』の書き出しの俎下駄や椿一輪

赤ん坊の頭ほどある落椿八重の椿をおもふは恐怖

跳ぶ真鯉ふたたび沈み何ごともあらざりしごと水は合はさる

朝食に必ずナイフとフォークもて姑の食みしよ台湾バナナ

むらさきの袴をつけてクリケットしたりと言ひしこともありたり

うみやま

副都心といふが金沢にも出現し家建ち並ぶ大河端《おこばた》あたり

午後四時の波光の位置のわづかづつ移りつつありかなしき別れ

祈りつつ夜あけを待ちし人ならむ汀に残る足跡ふかし

単独の月や待つといふことのはればれとして夜の海のうへ

断たれたるいのちをしづかに抱きよせて月のひかりは海に広がる

みじか世にあひあひしゆゑ忘れざる声音のありて睡蓮を見る

この土地に住むと定めしわけでなしふらり見にゆく河骨の花

ごめん汝が一生は終はれりと団扇に打ちし蚊をつまみあぐ

たたかひは倒れては立つことなるか五十キロ競歩のフランス選手

（二〇一六年）

世の中はからくりばかりいくつもの数字に触れて手にする紙幣

流れ

朝かげにしだるることのやさしさの萩むらありて南無観世音

在るのみに過ぐるじかんの幸不幸蟷螂《かまきり》の子が鎌をふりあぐ

母ありき養母もありて姑もありき母となりたることなきわれに

デカルトもニーチェも遠し流れつつ辿り着きたる渚の朽ち木

歩を運ぶ人の速度のなつかしく東京駅の人混みに入る

目的をもちたる人の行き交ひに行く所あるわれも加はる

放浪性の個体もありとの説明は笠子《かさご》のことなり海ぞこに棲む

馬の政宗おもひださるる星月夜仙台産まれのたくましき馬

転がれる蟬の亡き骸成就せる恋はありしかありしとおもふ

団塊の世代に押さるるところてん否応もなきじかんの流れ

いま共に生きゐる虫の松虫のこゑは泉のごとくに湧けり

上野駅にぼんやりしてるとサーカスに売らるるとわれに言ひしは誰か

「貴ノ花!!」桟敷席より叫びしよ国技館の小中英之

文学者になりたくなかりし二葉亭ペテルブルグに行きてすぐ病む

ザンパノが砂をつかみて哭くところありありとして汀べの波

二十八万円の巴里までの飛行機代を欲しし佐美雄

若ければあかるき旅びと両脚を踏み鳴らしつつインカのこころ

チャケサンの南米音楽ひびきけり武蔵ヶ辻の市場入口

表裏なす自由と孤独咳ひとつこぼして夕べのガラス戸を引く

春の嵐

精霊や天使といふ語の不可解を不可解としてこの国に生く

敗れたる人の味方でありにしがいまはいづこの空をゆくなる

朝かげにかがやく八羽白鳥は一羽のこゑに従ふらしも

翔りつつカウと放てるひとつこゑ地上に落とし過ぎてゆく鳥

遅れゐる一羽がつらき北帰行海に沿ひゆく白鳥八羽

浜ダイコンの花咲きはじめ抵抗性クロマツ植うる青年ふたり

早朝の無言電話は八年余転居したれどついてきたりぬ

いまになほ濃き情念をもてあます老いびとおもふはかなしきろかも

盲ひなばなにに依らむかうつくしき青葉の雨をいまは見あかず

パーマ禁止はわが生まれたる年にして敗戦まへの戦中のこと

郭公が鳴き山鳩が鳴くけさはことにも深く亡き母に詫ぶ

断片の雲のゆたかささだまらぬゆゑのゆたかさあるはなぐさめ

名　前　『方丈記』『日本外史』より

木幡山、伏見の里や鳥羽を見る鴨長明は峰よぢのぼり

笠取をすぎてあるいは石間まで歩きに歩きし長明の脚

おもふだにおそろしかりきぬばたまの夜の気配がひしひし迫る

「幼にして孤なり」と書かれし義仲は京師《けいし》の人らに翻弄されき

尼となりし巴御前のその齢《よはひ》二十八歳そののちの日日

平氏には「抜丸《ぬきまる》」「小烏《こがらす》」の二刀あり清盛の承けし刀は小烏

源氏にも二刀がありて名づけらる「髭切《ひげきり》」「膝丸《ひざまる》」その名直截

頼朝の二騎「池月」と「磨墨《するすみ》」は与へられけり平氏追ふため

加賀にある首洗ひ池　髪そめてたたかひにける実盛が首

青草

蜜蠟の「夕霧」いっぽんたてまつり香は「瑞鹿」父の命日

どのやうなすき間も出口となるらしく冬青草のひとすぢみすぢ

いまさらにいかに生きるかまたひらく『残酷人生論』のたのしさ

相触れてささやき合へる竹の葉のひかりのなかを出で入る雀

用水に架かる小さき橋の数知らねどけふは「四の橋」わたる

巡視船らしきが五隻見ゆる朝日本海は不穏のるつぼ（二〇一八年）

うつくしき夜がきたりて何もかも忘れてしまふ鏡のなかに

ことごとくあす知れぬもの防寒着まとひていづる二月の街へ

仲麻呂も見たりし月はふかきふかき哀しみたたへて空を渡れり

河北潟牧場牛乳いまだ来ず降り積む雪は二尺を越ゆる

春雷

鈴木大拙、中谷宇吉郎に深田久弥生みたる風土にある共通項

降る雪に紡ぐ思想もあるならむ胸底ふかくみづからを垂れ

しづかなる起ち居の家居にはぐくみし小さき器をときに哀しむ

砂漠には砂漠の思想おもほえばキャラバンサライにありたりし空

イプセンの通ひし店に入りし日も青き北欧の空ありにけり

春蒔きの種子より出づる若みどり整然として啓蟄もすぐ

ああ浅間と声にいだして車窓よりましろき山のいただきを見る

いとしげに上毛三山の名を言ひし声音もろとも人消えはてし

追憶の小路をゆくに満作の黄色き花がちりちりと咲く

あとがき

東日本大震災の津波のしょうげきは大きかった。でもわたくしは何もしなかったしできなかった。ただ祈ることしかできないふがいなさに耐えるしかなかった。若いころは消極的ととらえていたのにそれしかできないことの無力感。からだからどんどん毒気が抜けてゆき四十年以上住んでいた東京に居る意味も無くなっていった。

どこに行こうか。久留米でも松山でも神戸でもよかった。山があって海があって温泉があればという所を本気でさがしはじめたら、近くに乗馬クラブのある所を見つけた。いま住んでいる「スプリングライフ金沢」というシニアマンションである。

何もかもリセットするつもりでの移住であった。じつにさばさばした気分になったが、上京したころは山が見えないことにショックを受け、今度は山がみえることの当然にショックを受け、激変した環境に順応するにはそれなりに時間を要した。歌はほそぼそとつづけていたが作歌の方途を見失いがちで歌集出版などおもいもよらないことだった。数年がすぎ、ある夜の夢に『池にある石』という題の歌集を出そうとしているわたくしが出てきた。二〇一六年一月二十九日のことである。

現実が夢であり、夢が現実であるかのような境界線上をうろうろしていることがときどきあるので、意味不明ながら今回の題名とした。

何に向かってか分からないが祈るようなおもいだけは持続していた。それはかって〈打座打座の西田幾多郎悲哀をば思ひのもととなしし打座あり〉と詠んだ悲哀ということともいくらかつらなっているような気がする。それらのおもいとともに歌をつくりつづけることができた。これもまた人は消極というかもしれないが、自然体で生きるしかない現在、ここではテンヽネンヽと言われているわたくしが歌集を出すことにした。なんと人生とはおどろきの連続であることか。

さいごに自分ではとうていできない歌稿の整理をしてくださった六花書林の宇田川寛之さま、小村雪岱の研究者、装幀家の真田幸治さまにこころより感謝申しあげます。

二〇一八年十月　白萩のうつくしい日に

三井ゆき

歌　集

1981年『空に水音』（短歌新聞社）
1992年『曙橋まで』（砂子屋書房）泉鏡花記念金沢市民文学賞
1996年『能登往還』（短歌新聞社）ながらみ現代短歌賞
2003年『雉鳩』（ながらみ書房）
2007年『天蓋天涯』（角川書店）日本歌人クラブ賞

住　所
〒920-0226
石川県金沢市粟崎町４－80－２　スプリングライフ金沢506

池にある石

2018年12月7日 初版発行

著　者──三井ゆき

発行者──宇田川寛之

発行所──六花書林
〒170-0005
東京都豊島区南大塚3-24-10-1A
電話 03-5949-6307
FAX 03-6912-7595

発売──開発社
〒103-0023
東京都中央区日本橋本町1-4-9　ミヤギ日本橋ビル8階
電話 03-5205-0211
FAX 03-5205-2516

印刷──相良整版印刷

製本──仲佐製本

定価はカバーに表示してあります
ISBN978-4-907891-74-9 C0092